アニメ版

ちびまる子ちゃん

おじいちゃん まる子《こ》を甘《あま》やかすの巻《まき》

原作／さくらももこ

テレビアニメーション
「ちびまる子ちゃん」より

アニメ版《ばん》

ちびまる子《こ》ちゃん
おじいちゃん まる子《こ》を甘《あま》やかすの巻《まき》

●もくじ

まる子《こ》の家族《かぞく》

お母《かあ》さん　さくらすみれ。おこるとこわいが、しっかり者《もの》で明《あか》るい。料理《りょうり》がじょうず。

お父《とう》さん　さくらヒロシ。のんきな性格《せいかく》。野球《やきゅう》を見《み》るのが好《す》きで、趣味《しゅみ》は魚《さかな》つり。家族思《かぞくおも》い。

まる子《こ》　さくらももこ。クラスは3年《ねん》4組《くみ》。ちょっとなまけ者《もの》だが、お人《ひと》よしなところもある。

お姉《ねえ》ちゃん　さくらさきこ。小学校《しょうがっこう》6年生《ねんせい》。クールで現実的《げんじつてき》な性格《せいかく》。

おばあちゃん　おっちょこちょいのおじいちゃんをささえるしっかり者《もの》。ふだんはおっとりやさん。

おじいちゃん　さくら友《とも》蔵《ぞう》。まる子《こ》のことを、とてもかわいがってくれる。俳句《はいく》が趣味《しゅみ》。

とし子《こ》ちゃん　土橋《つちはし》とし子《こ》。やさしい性格《せいかく》で、めがねをかけている。まる子《こ》となかよし。

花輪《はなわ》クン　花輪和彦《はなわかずひこ》。お金持《かねも》ちのおぼっちゃま。キザだが、親切《しんせつ》でやさしい。

たまちゃん　穂波《ほなみ》たまえ。まる子《こ》の一番《いちばん》の親友《しんゆう》。しっかり者《もの》だが、ロマンチストの一面《いちめん》もある。

佐々木《ささき》くん　関口《せきぐち》くんといっしょに、たかしくんをいじめる。

関口《せきぐち》くん　関口《せきぐち》しんじ。いじわるをすることもあるが、根《ね》は悪《わる》くない。

永沢《ながさわ》くん　永沢君男《ながさわきみお》。暗《くら》い性格《せいかく》で、藤木《ふじき》くんと仲《なか》がいい。いじわるなことをよくいう。

たかしくんのお母《かあ》さん
たかしくんがちこくしていじめられていないか、心配《しんぱい》している。

たかしくん　西村《にしむら》たかし。犬《いぬ》が大好《だいす》き。おとなしくて、やさしい。

城ヶ崎《じょうがさき》さん　城ヶ崎姫子《じょうがさきひめこ》。美人《びじん》でやや気《き》が強《つよ》い。ピアノが得意《とくい》。

ヒデじい　西城秀治《さいじょうひでじ》。花《はな》輪《わ》クンのお世話《せわ》をしている。やさしいので、みんなから好《す》かれている。

冬田《ふゆた》さんのおじいちゃん　まごの冬田《ふゆた》さんにやさしくて、よくおもちゃを買《か》ってあげる。

冬田《ふゆた》さん　冬田美鈴《ふゆたみすず》。おじいちゃんが大好《だいす》きな女《おんな》の子《こ》。大野《おおの》くんのことが好《す》き。

居酒屋《いざかや》のオヤジさん　まる子《こ》のお父《とう》さんと山《やま》ちゃんが、お酒《さけ》を飲《の》みに行《い》った居酒屋《いざかや》のオヤジさん。

山《やま》ちゃん　まる子《こ》のお父《とう》さんの友《とも》だちで、お酒《さけ》を飲《の》むなかま。

「たかしくん」の巻《まき》

「あ〜ん！　ちこく、ちこく〜、おくれちゃうよ〜！」

　まる子《こ》は、ひっしの思《おも》いで走《はし》っていました。住宅街《じゅうたくがい》をぬけ、町《まち》なかに入《はい》り、横《おう》断歩道《だんほどう》をわたり、けんめいに走《はし》りつづけて、ようやく校門《こうもん》までたどりつきました。

　まる子《こ》が、もうすぐ教室《きょうしつ》に入《はい》ろうとしたとき、朝《あさ》のチャイムがなりだしました。

「あ〜、まにあった。」

　まる子《こ》は、ほっとため息《いき》をつきました。

　でも、そのとき、まだ校門《こうもん》のあたりを走《はし》っている男《おとこ》の子《こ》がいたのです。それは、たかしくんでした。

たかしくんは、休《やす》み時間《じかん》になると、大《だい》好《す》きな犬《いぬ》の本《ほん》を読《よ》みはじめました。

「わたしも、いっしょに見《み》せて。」

まる子《こ》が声《こえ》をかけると、たかしくんは、ニコニコしながら、

「うん、いいよ。」

といって、うなずきました。

まる子《こ》は、たかしくんのとなりにすわりました。その本《ほん》には、いろいろな犬《いぬ》の写真《しゃしん》がのっています。

「わあっ、かわいいなあ。わたし、犬《いぬ》って大好《だいす》き!」

まる子《こ》は、思《おも》わず声《こえ》をあげました。

「ぼくも、犬《いぬ》、大好《だいす》き！　犬《いぬ》はえらいよね！　人《ひと》の話《はなし》、ちゃんと聞《き》くし、わかるもんね！　それに犬《いぬ》は、笑《わら》う顔《かお》をするんだよ。」

たかしくんは、本当《ほんとう》にうれしそうに話《はな》しました。

まる子《こ》は、そんなたかしくんの顔《かお》を、じっと見《み》つめていました。

（たかしくんて、犬《いぬ》みたいな顔《かお》してる。まるい黒《くろ》い目玉《めだま》が、きょろきょろ動《うご》くね……。）

「ぼく、犬《いぬ》、飼《か》いたいな。犬《いぬ》なら、なんでもいいな。」

そのとき、ふたりのすぐうしろで、佐々木《ささき》くんの声《こえ》がしました。

「やい、たかし！」

ふりむくと、佐々木《ささき》くんと関口《せきぐち》くんが、ならんで立《た》っています。

「おまえ、今日《きょう》もちこくしただろ！」

「毎日《まいにち》、ちこくしていいと思《おも》ってんのかよーっ！」

佐々木《ささき》くんと関口《せきぐち》くんは、大声《おおごえ》をあげて、せめたてました。たかしくんは、うつむいて、つくえの上《うえ》を見《み》つめています。

「早《はや》くおきようと思《おも》ってるんだけど、ついおくれて……。」

「ふざけんなよっ！」

佐々木《ささき》くんは、うしろからうでをまわし、たかしくんの首《くび》をしめあげるようにして、立《た》ちあがらせました。

「やめて、うわっ、やめてよう〜。」

たかしくんはひっしに抵抗《ていこう》しましたが、佐々木《ささき》くんは、たかしくんの体《からだ》をもちあげて、ぶんぶんふりまわしました。

「明日《あした》から、ちこくしませんって、ちかえよっ！」

「ちかわないと、もっといたい目《め》にあわすぞ！」

佐々木《ささき》くんと関口《せきぐち》くんはせめたてます。

ふたりは、たかしくんのほっぺをギュウギュウとつねったり、げんこつでグリグリとおしたりしはじめました。
「ちょっと、よしなよ……。」
まる子《こ》は見《み》かねて、止《と》めようとしましたが、反対《はんたい》に、佐々木《ささき》くんにどなりかえされてしまいました。何《なに》もいえなくなったまる子《こ》は、たかしくんがいじめられているのを、だまって見《み》ていました。
たかしくんは、いじめられてもいじめられても、じっとしていました。しかられている犬《いぬ》みたいに、悲《かな》しそうな顔《かお》をして、ボカボカとぶたれつづけていました。

学校《がっこう》の帰《かえ》りに、まる子《こ》は、たまちゃんにいいました。

「たかしくんて、すぐ男子《だんし》にいじめられるねえ。」

「うーん。おとなしいからかなあ……。」

たまちゃんは、首《くび》をかしげました。

「その点《てん》、永沢《ながさわ》くんなんか、いじめられそうなタイプなのに、ふしぎとだれもいじめないよねえ……。永沢《ながさわ》くんて、いじめたりしたら、のろわれそう。」

ふたりは、永沢《ながさわ》くんがわら人形《にんぎょう》にクギをうちこみ、だれかにのろいをかけるすがたを想像《そうぞう》して、ゾッとしました。

その夜《よる》、まる子《こ》が、たかしくんからかりた犬《いぬ》の本《ほん》を読《よ》んでいると、おふろあがりのお姉《ねえ》ちゃんが部屋《へや》に入《はい》ってきました。

「ねえ、お姉《ねえ》ちゃんは、どの犬《いぬ》が好《す》き?」

「そうねえ、まよっちゃうわね……。」

「わたし、犬《いぬ》ならなんでも好《す》きなんだ。たかしくんもそういってたよ。」

「へえー。本《ほん》もいいけど、ほどほどにね。明日《あした》、ちこくしちゃうよ。」

お姉《ねえ》ちゃんがいなくなると、まる子《こ》は、たかしくんのことを思《おも》いだしました。

(たかしくん、明日《あした》はちこくしないといいなあ……。)

次《つぎ》の日《ひ》の朝《あさ》も、まる子《こ》は、やっぱり朝《あさ》寝《ね》ぼうをしてしまいました。

「わ〜っ！　ちこく、ちこく〜！」

まる子《こ》が大急《おおいそ》ぎで走《はし》っていると、花輪《はなわ》クンちの車《くるま》がうしろからやってきて、そばに止《と》まってくれたのです。

「ヘーイ！　グッドモーニング！　よかったら乗《の》っていかないかい、ベイビー！」

「ホ、ホント〜？」

まる子《こ》は大《おお》よろこびで、車《くるま》に乗《の》りこみました。しばらく大通《おおどお》りをすすんでいくと、まる子《こ》は、けんめいに走《はし》っているたかしくんを見《み》つけたのです。

(たかしくん……、このままじゃ、また、ちこくしちゃうよ。)

まる子《こ》は、むねが苦《くる》しくなりました。

「ヒデじい！　ちょっと車《くるま》を止《と》めて。」

けれども、ヒデじいは、

「ここで止《と》まるのはむずかしいですね。」

と、すまなさそうにいったのです。あきらめるしかありません。

うしろをふりかえると、たかしくんがころぶのが見《み》えました。すごくいたそうにしていて、すぐにはおきあがれないようです。車《くるま》はそんなたかしくんをおいて、どんどん走《はし》りさってしまいました。

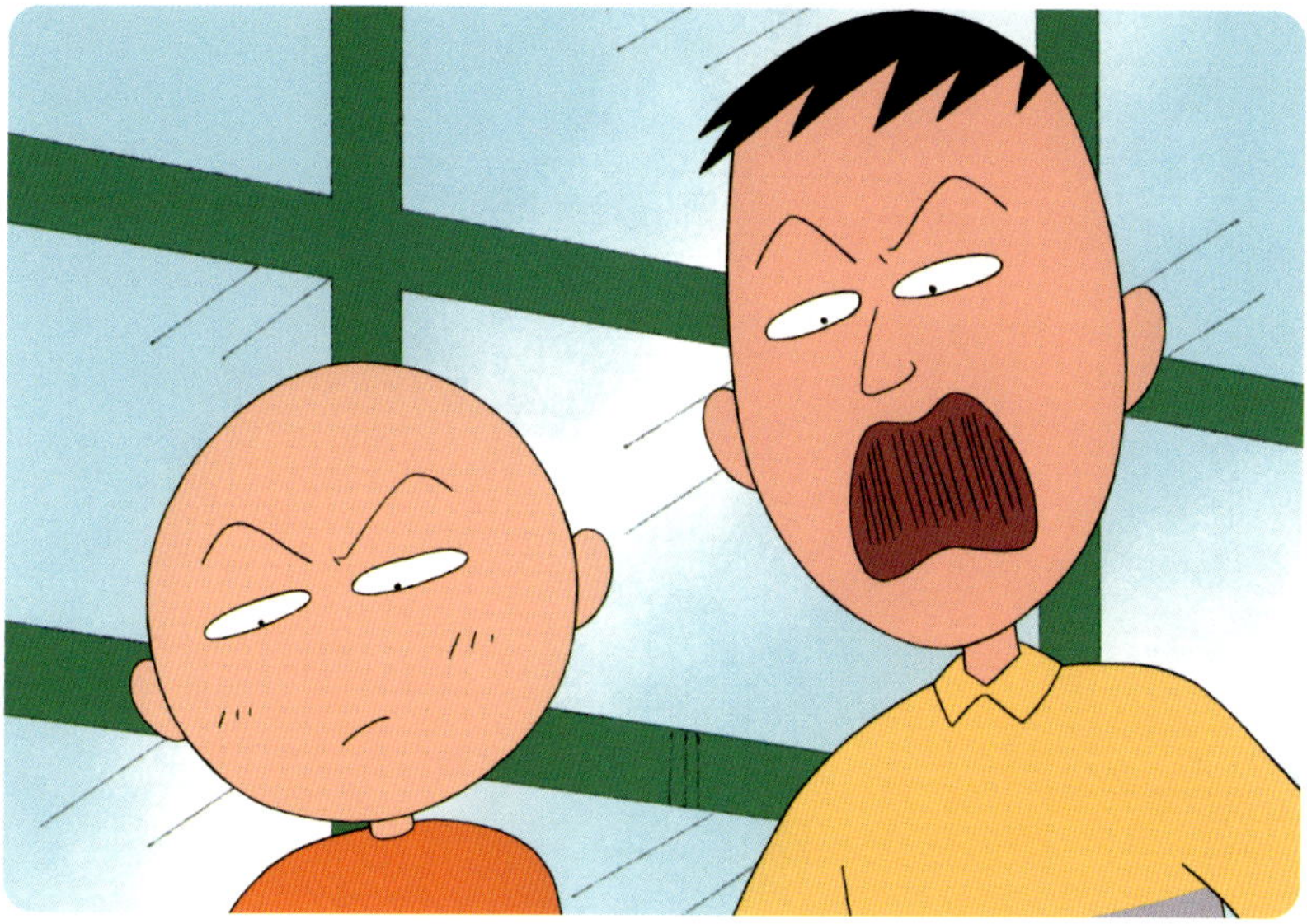

その日《ひ》、たかしくんとまる子《こ》が、教室《きょうしつ》で話《はなし》をしていると、関口《せきぐち》くんが、こわい顔《かお》をして、たかしくんにいいました。

「おまえ、また、ちこくしたな～！」

「今日《きょう》も、いたい目《め》にあわなきゃ、わかんねえのか！」

佐々木《ささき》くんもいっしょです。また、ふたりのいじめが始《はじ》まるのです。まる子《こ》はムカッときて、いってやりました。

「たかしくんはね、一生《いっしょう》けんめい走《はし》ったけど、ころんじゃったんだよ。けがしてるんだからね。」

「うるせえっ！　ちこくはちこくだ！」

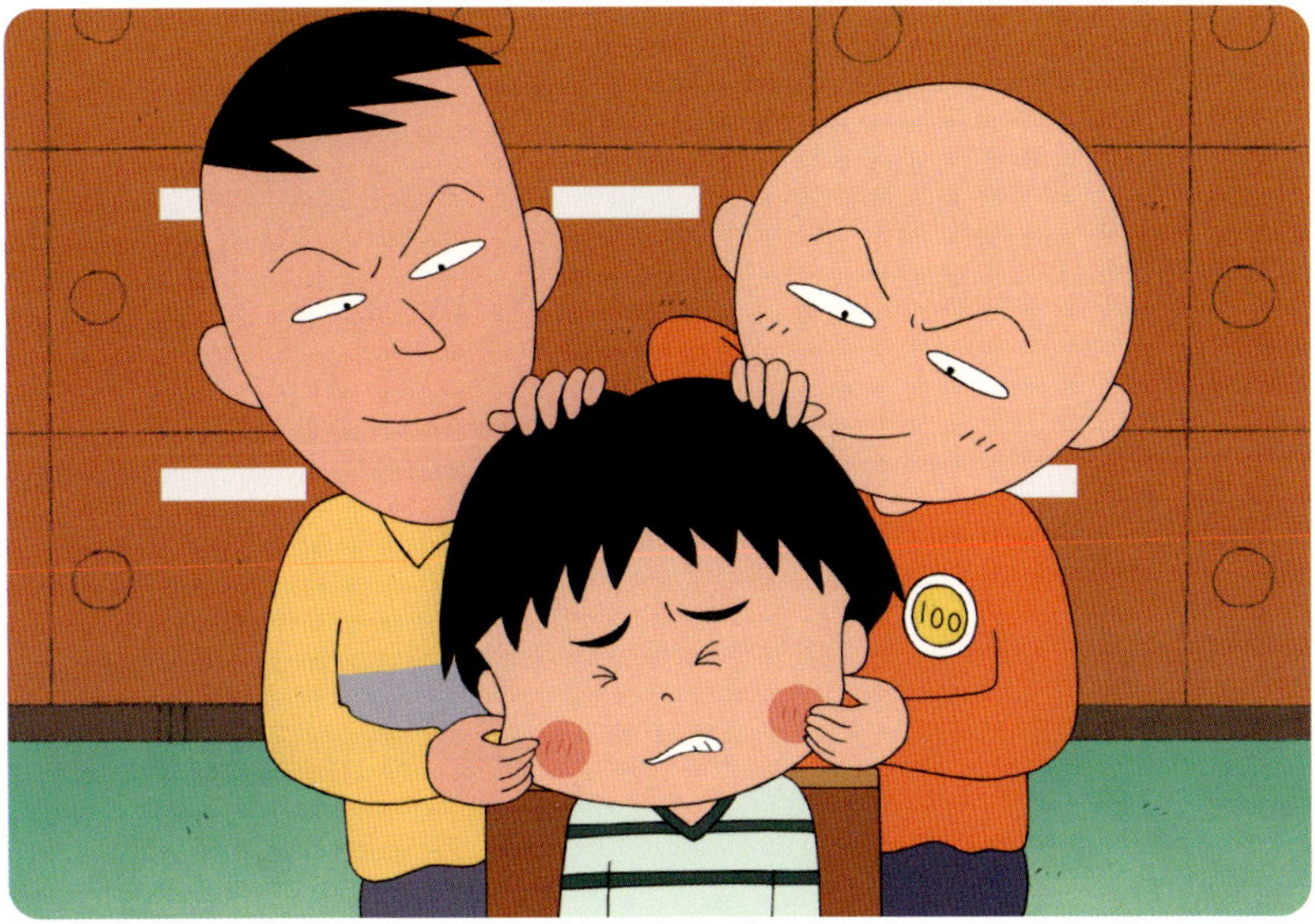

佐々木《ささき》くんがどなりました。

ふたりは両側《りょうがわ》から、たかしくんのほっぺを、ギュウギュウとつねりだしました。

「よしなよっ！」

まる子《こ》がいうと、ふたりは、もっと強《つよ》くつねりつづけるのでした。

「いて〜っ、いて〜っ……。」

いたがるたかしくんの顔《かお》を、ふたりは、へんな顔《かお》だといって笑《わら》いました。

なぜ、たかしくんだけがこんな目《め》にあうのでしょうか。

（ひどいよ……。）

まる子《こ》は、とても悲《かな》しくなりました。

　夕方《ゆうがた》になり、まる子《こ》がおつかいで商店《しょうてん》街《がい》へ行《い》くと、たかしくんがお母《かあ》さんといっしょに歩《ある》いていました。

「たかしくーん。」

「あっ、まるちゃん！」

　まる子《こ》がふたりに近《ちか》づくと、たかしくんは、

「ほら、子犬《こいぬ》をもらってきたんだよ。」

といって、だいていた子犬《こいぬ》をうれしそうに見《み》せました。子犬《こいぬ》は、小《ちい》さなしっぽをしきりにふっています。

「うわあ、かわいい。いいなあ……。たかしくん、よかったね。」

するど、たかしくんのお母《かあ》さんは、まる子《こ》にこういったのです。

「たかしは、朝《あさ》おきるのがにがてで、犬《いぬ》を飼《か》えば早起《はやお》きするっていうから、飼《か》ってあげることにしたのよ。よくちこくするから、学校《がっこう》でみんなにいじめられているんじゃないかしらって、心配《しんぱい》なのよ。」

たかしくんは、お母《かあ》さんの口《くち》から、いじめの話《はなし》が出《で》ると、悲《かな》しそうな顔《かお》をして、子犬《こいぬ》のほうを見《み》ました。

「たかしと、なかよくしてあげてね。」

「はい！」

まる子《こ》は、元気《げんき》よく返事《へんじ》をしました。

たかしくんは家《いえ》に帰《かえ》ると、子犬《こいぬ》の前《まえ》に、ミルクの入《はい》った容器《ようき》をおきました。

「さあ、夕《ゆう》ごはんだよ。」

でも、子犬《こいぬ》は、まったく飲《の》もうとしません。

「どうしたんだい？　こわがらなくても、だいじょうぶだよ。」

たかしくんがそういうと、子犬《こいぬ》はようやく、ミルクをぺろぺろとなめはじめました。

そこへ、たかしくんのお母《かあ》さんが、やってきました。

「かわいいわね。」

「うん。でも、こいつ、少《すこ》し元気《げんき》ないみたいなんだ。」

「さっきまでは、お母《かあ》さんの犬《いぬ》といっしょにいたのに、今《いま》、ひとりぼっちになっちゃって、さみしいのね。」

たかしくんは、ハッとしました。子犬《こいぬ》をもらったとき、母犬《ははいぬ》のもとからつれだしてきたことを思《おも》いだしたのです。

「お母《かあ》さん犬《いぬ》、悲《かな》しそうな顔《かお》していたね。」

「そうね。とても悲《かな》しそうだったわね。お母《かあ》さんも、もし、たかしがつれていかれちゃったら、どんなに悲《かな》しいか……。それとおんなじよ。」

たかしくんは、子犬《こいぬ》を見《み》つめながら、力強《ちからづよ》くいいました。

「ぼく、この子《こ》をうんとかわいがるよ。やさしくしてあげるんだ。ぜったいいじめたりしないよ。」

「そうね。お母《かあ》さん犬《いぬ》も、きっとこの子《こ》がしあわせでいてくれることを、ずっとねがってるわ。子《こ》を思《おも》う母《はは》の気《き》もちは、みんないっしょよ。」

お母《かあ》さんは、ミルクを飲《の》んでいる子犬《こいぬ》を、うれしそうにながめています。そんなお母《かあ》さんのやさしい笑顔《えがお》を、たかしくんは、じっと見《み》つめているのでした。

まる子《こ》は、晩《ばん》ごはんのとき、ふと思《おも》いだしたようにいいました。

「今日《きょう》ね。おつかいの帰《かえ》りに、たかしくんにあったよ。たかしくん、すぐ朝寝《あさね》ぼうして、ちこくしちゃうから、男子《だんし》に毎日《まいにち》、いじめられてるんだ。」

「まあ……。」

お母《かあ》さんは、心配《しんぱい》そうな顔《かお》をしました。

でも、お父《とう》さんはへいぜんとした顔《かお》で、こういったのです。

「男《おとこ》はなぐられたり、けられたりして、でかくなるんだ！　ほっとけ！　ほっとけ！」

すると、まる子《こ》はうつむきながら、思《おも》いこんだようすでいいました。

「そりゃあさぁ、たかしくん、ちこくするのはよくないけどさ。でも、たかしくんなりに、がんばって走《はし》ってきてるんだよ。だれだって、ちこくや失敗《しっぱい》くらいするのに、ぶつなんて！」

お母《かあ》さんは、まる子《こ》のことを見《み》つめました。まる子《こ》は話《はなし》をつづけます。

「わたしだって、今日《きょう》、ちこくしそうになったけど、たまたま運《うん》がよかっただけで……。本当《ほんとう》は、たかしくんだけぶたれるんじゃなくて、わたしも……。」

そのとき、おじいちゃんが、とつぜん、さけび声《ごえ》をあげました。

「いやじゃあ～！　まる子《こ》がぶたれたら、おじいちゃん、泣《な》いちゃう！」

そういって、おいおい泣《な》きだしました。

「ちょっと、泣《な》かないでよ。」

まる子《こ》があきれていうと、お母《かあ》さんも思《おも》いつめたように、つぶやきました。

「……まる子《こ》がぶたれたりしたら、お母《かあ》さんも泣《な》いちゃう。」

まる子《こ》はハッとして、お母《かあ》さんを見《み》つめました。まる子《こ》も、急《きゅう》に涙《なみだ》がこみあげてきました。

次《つぎ》の日《ひ》、たかしくんは、学校《がっこう》にくると
き、ちこくをしませんでした。
たかしくんは、子犬《こいぬ》をもらったから、
もうちこくもしないし、ぶたれたりもし
ないのだと、まる子《こ》は思《おも》いました。
でも、いじめはおわりませんでした。
給食《きゅうしょく》の時間《じかん》、佐々木《ささき》くんと関口《せきぐち》くんが、
また、たかしくんのところにやってきて、
「なんで、牛乳《ぎゅうにゅう》のこしてるんだよ。」
「給食《きゅうしょく》のこして、いいと思《おも》ってんのかよ。」
と、文句《もんく》をつけてきたのです。
たかしくんは、牛乳《ぎゅうにゅう》をのこす理由《りゆう》を、
なんとか説明《せつめい》しようとしました。

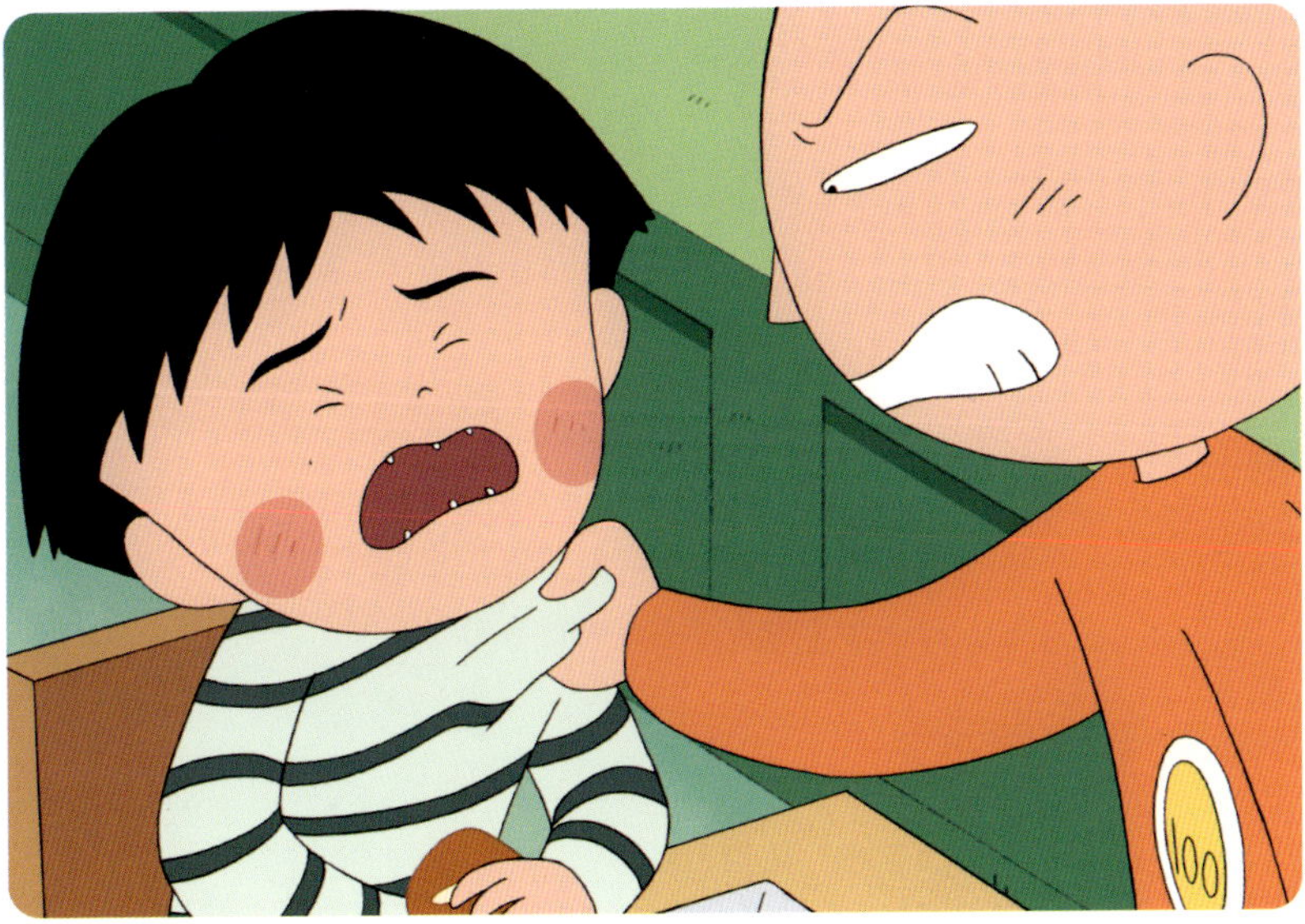

「ぼく、おなかが弱《よわ》いんだ。牛乳《ぎゅうにゅう》飲《の》むと、おなかが少《すこ》し……。だから、家《いえ》に帰《かえ》ってから飲《の》んでるんだ。」

　でも、ふたりがそんないいわけを聞《き》いてくれるはずはありません。関口《せきぐち》くんは、たかしくんのむなぐらをつかむと、

「甘《あま》えてんじゃねえ！」

といって、せめたてました。

　そして、ふたりは、両側《りょうがわ》からたかしくんのほっぺをつねり、口《くち》をあけさせました。

「いたい、いたいよう……。」

　いやがるたかしくんに、むりやり牛乳《ぎゅうにゅう》を飲《の》ませようとしたのです。

「ゲホゲホッ、ゲホゲホッ……。」

たかしくんは、牛乳《ぎゅうにゅう》をはきだしてしまいました。けれども、ふたりは、まだしつこく、牛乳《ぎゅうにゅう》を飲《の》ませようとします。

まる子《こ》は見《み》ていて、むねがしめつけられるような思《おも》いがしました。

「やめなよ！　たかしくん、おなかが弱《よわ》いって、いってるじゃん！　それなのに、むりやり飲《の》ませるなんて、ひどいよ！　家《いえ》で飲《の》んでるっていうんだから、いいじゃん！　もうやめてよ！」

半分《はんぶん》、泣《な》き声《ごえ》になっていました。でも、ふたりのいじめは止《と》まりませんでした。

今度《こんど》は、たかしくんの給食《きゅうしょく》ぶくろに目《め》をつけたのです。かわいい動物《どうぶつ》のイラストがついている手作《てづく》りのふくろでした。

関口《せきぐち》くんは、それを取《と》りあげると、

「たかし、こんな給食《きゅうしょく》ぶくろもってやがんの。女《おんな》みてえ！　はははは……。」

と、笑《わら》ったのです。たかしくんは、

「それ返《かえ》せーっ！」

といって、とっさに立《た》ちあがりました。

そのふくろは、たかしくんのお母《かあ》さんが作《つく》ってくれたものだったのです。

けれども、佐々木《ささき》くんにつかまり、はがいじめにされてしまいました。

「こんなもの！　こうしてやるっ！」

関口《せきぐち》くんは、給食《きゅうしょく》ぶくろをゆかに投《な》げつけると、にくしみをこめて、バンバンと何度《なんど》もふみつけました。

給食《きゅうしょく》ぶくろは、ぼろぼろになり、とうとうやぶれてしまったのです。

「ハハハハ、ハハハハ……。」

ふたりが大声《おおごえ》で笑《わら》うと、たかしくんは、つくえにつっぷしてしまいました。

そのとき、まる子《こ》は、たかしくんのことを心配《しんぱい》するお母《かあ》さんのすがたを思《おも》いだしました。そして、どうしようもなく、怒《いか》りがこみあげてきました。

まる子《こ》は、とっさに関口《せきぐち》くんにむかって突進《とっしん》し、体《からだ》ごとドンとぶつかりました。

「このやろう、何《なに》すんだよっ！」

関口《せきぐち》くんはどなりました。まる子《こ》は泣《な》きながら、大声《おおごえ》でさけびました。

「たかしくんにあやまんなよ！　毎日《まいにち》、いじわるしたこと、あやまんなよ！」

「うるせえ！　おまえも、いたい目《め》にあいたいかっ！」

関口《せきぐち》くんはそういって、まる子《こ》のほっぺを思《おも》いきりひっぱたきました。

まる子《こ》はふっとばされて、ロッカーにガーンと頭《あたま》をぶつけてしまったのです。

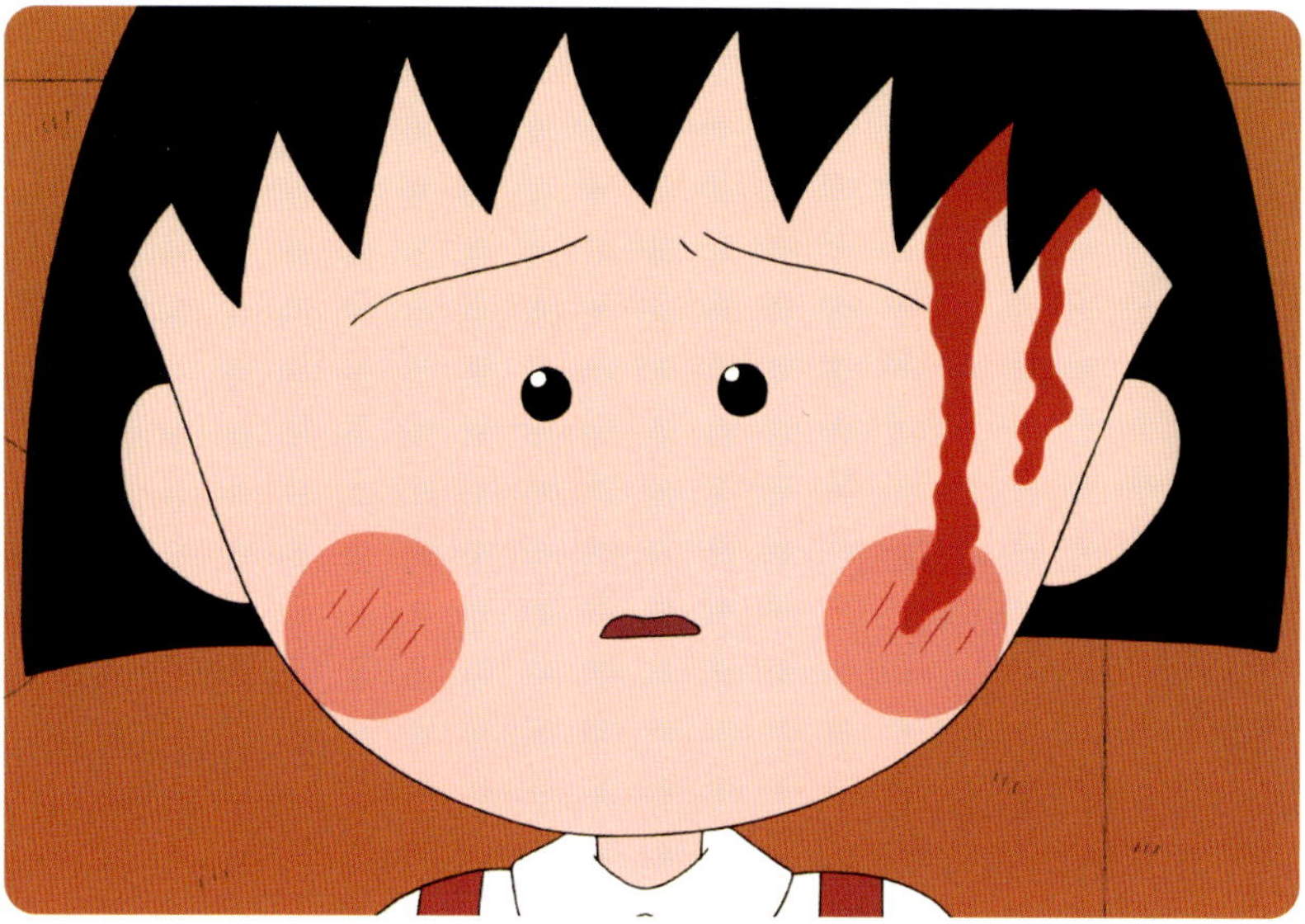

まる子《こ》が、ゆっくりと立《た》ちあがると、

「キャーッ！」

という、たまちゃんの悲鳴《ひめい》が聞《き》こえました。まる子《こ》の頭《あたま》から、赤《あか》い血《ち》がだらりと流《なが》れていたのです。

「どうしよう。ぶたれてけがしたなんていったら、お母《かあ》さん、泣《な》いちゃうよ。」

まる子《こ》は、悲《かな》しそうにつぶやきました。

たまちゃんが泣《な》きだしました。関口《せきぐち》くんと佐々木《ささき》くんも、ショックをうけたようです。たかしくんも泣《な》いています。

まる子《こ》の耳《みみ》に、「早《はや》く保健室《ほけんしつ》へ」というだれかの声《こえ》が聞《き》こえてきました。

その日《ひ》の夜《よる》、お父《とう》さんは、晩《ばん》しゃくをしているとき、まる子《こ》が学校《がっこう》でけがをしたことを聞《き》きました。

「何《なに》？　けんかでよろけて、ロッカーに頭《あたま》をうって、けがをした？　ドジだなあ、まったく。ハハハハ……。まる子《こ》のドジに、かんぱ～い！」

　ほかの家族《かぞく》は、みんな心配《しんぱい》してくれたのに、ビールでよっぱらっているお父《とう》さんだけはちがいました。

　あのたいへんなできごとは、「ドジ」というくだらないひとことで、あっさりとかたづけられてしまったのでした。

まる子《こ》は、いつものようにお姉《ねえ》ちゃんとふとんをならべて、ねむりにつきました。

夜《よ》もふけたころ、お母《かあ》さんがそっとドアをあけて、ようすを見《み》にきました。

まる子《こ》は頭《あたま》にほうたいを巻《ま》いていましたが、寝顔《ねがお》はとてもしあわせそうでした。

お母《かあ》さんは、かけがえのないものを見《み》るように、子《こ》どもたちを見《み》つめました。

（まる子《こ》、もうけがなんかしないでね……。まる子《こ》も、お姉《ねえ》ちゃんも、元気《げんき》で大《おお》きくなってよ。）

しずかな夜《よる》でした。空《そら》には、たくさんの星《ほし》がかがやいていました。

「おじいちゃん まる子《こ》を甘《あま》やかす」の巻《まき》

その日《ひ》、冬田《ふゆた》さんは、買《か》ってもらったばかりのおもちゃを、わざわざ学校《がっこう》にもってきました。まる子《こ》たちに、じまんげに見《み》せると、みんなはそろって、

「いいなあ！」

と、うらやましそうな声《こえ》をあげました。

「おふろセットだ！」

まる子《こ》がいうと、冬田《ふゆた》さんは、

「ウフフフッ、いいでしょう。おじいちゃんに買《か》ってもらったんだ。」

と、うれしそうです。

「わたしも、おふろセットほしいと思《おも》ってたとこなんだ。」

「わたしもほしいなぁ……。」

まる子《こ》とたまちゃんがいいました。

「いいなあ。冬田《ふゆた》さんは、やさしいおじいちゃんがいて。」

とし子《こ》ちゃんも、うらやましそうです。

「そうなんだ。わたしのおじいちゃんは、世界一《せかいいち》やさしいんだもんね。」

冬田《ふゆた》さんがそういうと、とつぜん、まる子《こ》の目《め》つきが、するどくなりました。

「世界一《せかいいち》やさしいってのは、聞《き》きずてならないね。わたしのおじいちゃんだって、すっごーくやさしいんだから。冬田《ふゆた》さんのおじいちゃんには負《ま》けないよ。」

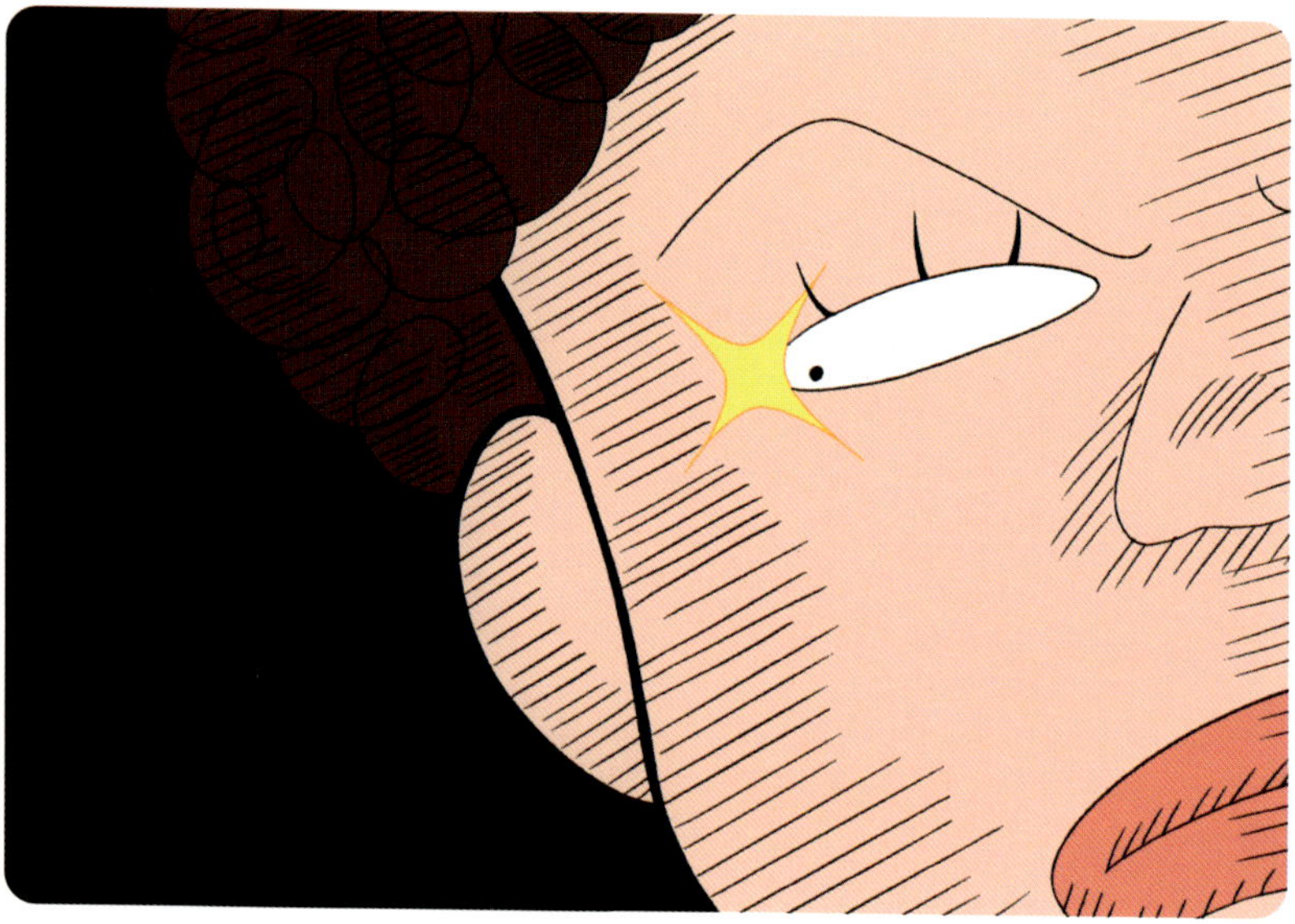

冬田《ふゆた》さんの目《め》も、するどくなりました。

「何《なに》よ！　わたしのおじいちゃんのほうが、やさしいに決《き》まってるわ！」

「だれが決《き》めたのさ！」

まる子《こ》がいうと、冬田《ふゆた》さんは、にやりと笑《わら》って、自分《じぶん》の顔《かお》を指《ゆび》さしました。

「ワ・タ・シ！」

まる子《こ》は、あきれていいました。

「それなら、べつにいいけど……。わたしにとっては、うちのおじいちゃんが世界一《せかいいち》だね。これはわたしが決《き》めたことだから、冬田《ふゆた》さんには、とやかくいわれるすじあいはないよ。」

「まあっ！　さくらさん、なまいきね。」

すると、とし子《こ》ちゃんとたまちゃんは、

「まるちゃんは、なまいきじゃないよ。」

「すじちがいなこと、いってないもん。」

と、ふたりでまる子《こ》をかばいました。

「べぇ～だ！　いいも～ん！　おぼえてらっしゃい。おじいちゃんに、いいつけちゃうから。いじめられたって、いいつけちゃうもんね。わ～ん……。」

冬田《ふゆた》さんは、泣《な》きながら教室《きょうしつ》を出《で》ていきました。かってにいじめっ子《こ》あつかいされた三人《にん》は、しばらくのあいだ、ポカンと立《た》ちつくしていました。

「ただいまーっ。」

まる子《こ》は家《いえ》に帰《かえ》ると、いきなりおじいちゃんにだきつきました。

「おじいちゃんは、世界一《せかいいち》だよ！」

「ええっ？　世界一《せかいいち》？」

とまどっているおじいちゃんに、まる子《こ》は、今日《きょう》、学校《がっこう》であったことを話《はな》しました。

「あのね、今日《きょう》、冬田《ふゆた》さんが、自分《じぶん》のうちのおじいちゃんが世界一《せかいいち》だっていったんだ。だから、まる子《こ》はいってやったよ。まる子《こ》にとっては、まる子《こ》のおじいちゃんが世界一《せかいいち》だって！」

「まる子《こ》……。」

おじいちゃんは、涙《なみだ》をぼろぼろと流《なが》しだしました。

「ありがとう、まる子《こ》……。」

そんな感動《かんどう》のまっただ中《なか》のおじいちゃんに、まる子《こ》はいいました。

「ところで、相談《そうだん》なんだけど、わたし、おふろセットがほしいんだ。」

「おふろセットでも、おけしょうセットでも、なんでも買《か》ってやるよ。」

「やったー！　やっぱり、まる子《こ》のおじいちゃんは世界一《せかいいち》だねえ。ほんじゃあ、おもちゃ屋《や》さんへ、レッツゴー！」

「まる子《こ》！」

とつぜん、お母《かあ》さんの声《こえ》がしました。

かげでこっそり、まる子《こ》のようすをうかがっていたのです。

「また、おじいちゃんに何《なに》か買《か》ってもらおうと思《おも》って、うまいこといってるね？」

「やだねえ、この人《ひと》は。それじゃ、まるで、わたしがサギ師《し》みたいじゃないの。」

「そのとおりだよ！　このまえだって、おじいちゃんに、たこ焼《や》き器《き》のお金《かね》をはらわせたりして。もうおじいちゃんにめいわくかけちゃ、ダメッ！」

まる子《こ》は、暗《くら》い顔《かお》をしていいました。

「まる子《こ》、おじいちゃんにめいわくかけてるんだねえ。まる子《こ》なんていないほうが、おじいちゃんにとってはしあわせなんだ。」

「ちがうよ〜！　おじいちゃんは、まる子《こ》がいなけりゃ、生《い》きていけんよう。」

　おじいちゃんがそういうと、まる子《こ》の顔《かお》は、ぱあーっと明《あか》るくなりました。

「おじいちゃん、これからもふたりで、なかよく生《い》きていこうね……。さっ、おもちゃ屋《や》行《い》こっか。」

「そうしよう。そうしよう。」

　お母《かあ》さんは、もうあきらめたとでもいうように、大《おお》きなため息《いき》をつきました。

おじいちゃんといっしょに、おもちゃ屋《や》さんに入《はい》ると、まる子《こ》は、すぐにおふろセットを見《み》つけました。

「あった、あった！」

そのとき、店《みせ》のおくから、冬田《ふゆた》さんがおじいちゃんをつれてやってきたのです。

「さくらさんは、おふろセットを買《か》ってもらうのね。わたしは、今日《きょう》、またちがうものを買《か》ってもらうんだ。いいでしょ。」

まる子《こ》も、負《ま》けずにいいました。

「わたしだってねえ、今日《きょう》は、これだけじゃないもんね。ほかにも買《か》ってもらうんだもん！」

冬田《ふゆた》さんは、まる子《こ》をにらみつけました。そして、おじいちゃんのうでにしがみつくと、甘《あま》えた声《こえ》でおねだりしました。

「リカちゃんハウス買《か》ってぇ！」

「よーし、買《か》ってやるぞ！」

まる子《こ》も対抗《たいこう》して、おじいちゃんにおねだりしました。

「ねえ、ケーキ屋《や》さんセット買《か》ってぇ！」

「ああ、いいとも！」

冬田《ふゆた》さんも負《ま》けずに、

「人生《じんせい》ゲーム買《か》ってぇ！」

まる子《こ》も、負《ま》けずに、

「トランシーバー買《か》ってぇ！」

トランシーバーは、遠《とお》くにいる人《ひと》と会《かい》話《わ》ができる無線機《むせんき》です。子《こ》ども用《よう》につくられたトランシーバーは、みんなのあこがれのまとでした。

「そんなにほしいのかい？」

おじいちゃんがたずねると、まる子《こ》は、

「ほしい、ほしい、ほしい、ほしい！」

といって、だだをこねました。

「しょうがないのう。」

「やったー！　これ、心《こころ》の底《そこ》からほしかったんだ……。高《たか》いんだ、これ。」

おじいちゃんは急《きゅう》にあせって、値《ね》ふだを見《み》ました。なんと一万円《まんえん》もします。

おじいちゃんの顔《かお》から、すーっと血《ち》の気《け》がひいていきました。

冬田《ふゆた》さんも負《ま》けていません。

「おじいちゃん、わたしもトランシーバーがほしいよう！」

「ごめんよ、今日《きょう》はな、これ以上《いじょう》、買《か》えんよ。また今度《こんど》、買《か》ってやるからな。」

冬田《ふゆた》さんのおじいちゃんがそういうと、冬田《ふゆた》さんも、だだをこねました。

「やだ、やだ！　今日《きょう》、買《か》ってってくれなきゃ、やだ！　買《か》って、買《か》って……。」

まる子《こ》は、おもちゃを買《か》ってもらうと、うれしそうにお店《みせ》を出《で》ました。

まる子《こ》は家《いえ》に帰《かえ》ると、買《か》ってもらったばかりのおもちゃを、さっそくひろげて見《み》せました。

お母《かあ》さんは、おどろきました。

「まあ！　おもちゃを一度《いちど》にふたつも買《か》ってもらったの？」

「まだあるよ。ジャンジャジャーン！　トランシーバーも買《か》ってもらったんだ！」

「ああっ！　それ、高《たか》いんじゃないの？」

お姉《ねえ》ちゃんがたずねると、

「一万円《まんえん》じゃよ。」

と、おじいちゃんがこたえました。

「えっ、一万円《まんえん》？」

お姉《ねえ》ちゃんはビックリ！

「ありゃ〜っ！　たまげたねえ。」

おばあちゃんもビックリです！

「そんな高《たか》いもの、買《か》ってもらっちゃ、ダメでしょ!?」

お母《かあ》さんは、声《こえ》をはりあげて怒《おこ》りましたが、まる子《こ》は、まったく気《き》にしません。

「いいじゃん！　おじいちゃんが買《か》ってくれるって、いったんだもん。ねっ、おじいちゃん。」

「そうじゃよ……、いいじゃん！」

おじいちゃんも、まる子《こ》にあわせて、子《こ》どもみたいないいかたをしました。

その晩《ばん》、お母《かあ》さんは、お父《とう》さんに相談《そうだん》しました。

「おじいちゃんのことなんだけど、ちょっと、まる子《こ》を甘《あま》やかしすぎだと思《おも》うの。今日《きょう》なんか、おもちゃを一万五千円《まんせんえん》ぶんも買《か》ってやったのよ。」

「えっ？　一万五千円《まんせんえん》も？」

お父《とう》さんも、さすがにまずいと思《おも》ったようです。ふたりは、おじいちゃんのところへ行《い》くと、まる子《こ》に買《か》ってやったおもちゃの話《はなし》をしました。

「えっ？　まる子《こ》がろくな人間《にんげん》にならないって？　わしのせいで？」

おじいちゃんがとまどっていると、お母《かあ》さんはいいました。

「まる子《こ》は、おじいちゃんにたのめば、なんでも自分《じぶん》の思《おも》いどおりになるって、かんちがいしているところがあると思《おも》うのよ。おじいちゃん、まる子《こ》のためを思《おも》って、少《すこ》しきびしくしてほしいの。」

お父《とう》さんも、つけくわえました。

「まる子《こ》がホントにかわいいと思《おも》うんだったら、つらくてもきびしくしてくれよ。」

おじいちゃんは、こまってしまいました。かわいいまる子《こ》に、本当《ほんとう》にきびしくできるのでしょうか……。

次《つぎ》の日《ひ》、お母《かあ》さんが居間《いま》にいると、まる子《こ》がやってきました。おじいちゃんとトランシーバーで遊《あそ》ぼうと思《おも》ったのです。

「ねえ、おじいちゃんは？」

「今《いま》、タバコ買《か》いに行《い》ったよ……。まる子《こ》、また、何《なに》かねだるつもりでしょ。」

「いいじゃん、べつにお菓子《かし》くらい。」

「あっ、やっぱりねだるつもりでいたね。」

すっかり見《み》すかされているようです。

「お母《かあ》さん、おじいちゃんが帰《かえ》ってきたら、これ、わたしといて。」

まる子《こ》は、テーブルにトランシーバーをひとつおいて、散歩《さんぽ》へ出《で》かけました。

おじいちゃんは、家《いえ》に帰《かえ》ると、お母《かあ》さんにたずねました。

「まる子《こ》は？」

「散歩《さんぽ》に行《い》きましたよ。これ、まる子《こ》がおいてったんですけど……。おじいちゃんがもどってきたら、わたしてくれって。」

お母《かあ》さんはそういいながら、おじいちゃんにトランシーバーを見《み》せました。

「じゃあ、さっそくまる子《こ》に、帰《かえ》ってきたよって伝《つた》えてみよう。」

おじいちゃんが手《て》をのばそうとすると、お母《かあ》さんは、トランシーバーをさっとひっこめました。

「おじいちゃん、ごめんなさい。これはまだ、わたせないわ。まる子《こ》ったら、おじいちゃんにトランシーバーで連絡取《れんらくと》れたら、お菓子《かし》をねだるつもりでいるのよ。これ以上《いじょう》、甘《あま》やかしたら……、ねっ。」

お母《かあ》さんがそういうと、おじいちゃんは、しょんぼりとしてしまいました。

そのとき、ピピピピッ、ピピピピッと、トランシーバーの電子音《でんしおん》がなりました。まる子《こ》の声《こえ》が聞《き》こえてきます。

「おじいちゃん、おじいちゃん、どうぞ。あれれ？　まだ、いないようですね。」

おじいちゃんは、思《おも》わずさけびました。

「いるよ、ここにいるよ～。」

でも、トランシーバーのボタンをおしていないと、こちらの声《こえ》は、まる子《こ》には聞《き》こえないのです。

するとまもなく、また、ピピピピッ、ピピピピッと、電子音《でんしおん》がなりました。

「もしもし、おじいちゃん？　いたら応答《おうとう》してください。あ～あ、おじいちゃんがいないと、つまらないです……。」

おじいちゃんは、まる子《こ》に応答《おうとう》してやりたい気《き》もちを、ひっしでおさえました。

ここで応答《おうとう》すれば、結局《けっきょく》、まる子《こ》を甘《あま》やかしてしまうことになるからです。

「じゃあ、お母《かあ》さん、いますか？」

また、まる子《こ》の声《こえ》です。

お母《かあ》さんは、すぐにトランシーバーをもって、ボタンをおしながらいいました。

「はい、お母《かあ》さんです。」

その声《こえ》は、まる子《こ》に聞《き》こえたようです。

「お母《かあ》さん、いましたね。おじいちゃんは、まだですか？　帰《かえ》ってきたら、巴川《ともえがわ》の橋《はし》の上《うえ》でまっていると伝《つた》えてください。」

おじいちゃんは、がまんできなくなって、巴川《ともえがわ》に行《い》きたいとお母《かあ》さんにいいました。けれども、まる子《こ》はそのうち帰《かえ》ってくるからと、止《と》められてしまいました。

まる子《こ》は、橋《はし》の上《うえ》で、おじいちゃんをずっとまっていました。でも、おじいちゃんは、いつまでたってもやってきませんでした。
冬田《ふゆた》さんがやってきました。冬田《ふゆた》さんのおじいちゃんもいっしょです。冬田《ふゆた》さんは、紙《かみ》ぶくろをもちあげていいました。
「わたしも、今日《きょう》はトランシーバーを買《か》ってもらったのよ。わたしのおじいちゃんは、約束《やくそく》したら、かならずまもってくれるんだから。じゃあね、さくらさん。」
そういって、冬田《ふゆた》さんは行《い》ってしまいました。

まる子《こ》は、つぶやきました。

「おじいちゃん……。おじいちゃんが、約束《やくそく》やぶるはずないもんねえ……。」

まる子《こ》の目《め》にうかんだひとつぶの涙《なみだ》が川《かわ》に落《お》ち、ポチャンと音《おと》をたてました。

そのとき、おじいちゃんが、ついに決《けっ》心《しん》したのです。

「まる子《こ》っ！　もうたえられん。わしゃ、まる子《こ》をむかえに行《い》くっ！　だれも止《と》めんでくれっ！」

おじいちゃんは、トランシーバーを手《て》に取《と》ると、家《いえ》を出《で》て、いっきにかけだしました。

外《そと》はすでに日《ひ》がくれていました。

「まる子《こ》～、ごめんよー！」

おじいちゃんは泣《な》きながら、走《はし》りつづけました。

まる子《こ》はそのころ、橋《はし》の上《うえ》で空《そら》を見上《みあ》げていました。あたりはもうだいぶ暗《くら》くなり、一番星《いちばんぼし》が光《ひか》っていました。

「おじいちゃんは、きっときてくれると思《おも》ってたのに……。」

まる子《こ》は、つぶやきました。でも、思《おも》いなおして、こういうのでした。

「わたしのおじいちゃんだって、約束《やくそく》まもってくれるもん！」

そのとき、おじいちゃんは、けんめいに走《はし》りつづけていました。踏切《ふみきり》があくのをまちきれず、歩道橋《ほどうきょう》をわたりました。長《なが》い階段《かいだん》をかけあがりましたが、おりるときにころんで、おしりをひどくぶつけてしまいました。

「あいててててて……。」

でも、おじいちゃんは、自分《じぶん》のおしりの痛《いた》みなど、まる子《こ》の心《こころ》の痛《いた》みにくらべたら、たいしたことはないと思《おも》いました。

巴川《ともえがわ》の橋《はし》の上《うえ》では、まる子《こ》はまだ、おじいちゃんを信《しん》じて、ずっとまちつづけていました。

そのときです。とつぜん、まる子《こ》のトランシーバーから、ピピピピッ、ピピピピッと、電子音《でんしおん》が聞《き》こえてきたのです。

「はい、こちら、まる子《こ》です。」

「こちら、おじいちゃんです。どうぞ。」

おじいちゃんの声《こえ》でした。トランシーバーから、おじいちゃんのやさしい声《こえ》が聞《き》こえてきたのです。

「おじいちゃん、橋《はし》の上《うえ》でずっとまってたよ。今《いま》、どこにいるの？」

まる子《こ》は、もう泣《な》きそうでした。

「まる子《こ》のすぐそばにいます。」

「えっ？」

まる子《こ》が、うしろをふりむくと、すぐそこに、おじいちゃんが立《た》っていました。

「まる子《こ》……、おくれてごめんよ。」

「うん……、おじいちゃーん！」

まる子《こ》は、おじいちゃんのむねにとびこみました。おじいちゃんは、それをやさしくうけとめました。

そして、ふたりはかたくだきあいながら、わんわんと泣《な》きました。

「まる子《こ》、ごめんよ。ホントにごめんよ。」

「やっぱり、おじいちゃんは、世界一《せかいいち》のおじいちゃんだねえ。」

「まる子《こ》も、世界一《せかいいち》のまる子《こ》じゃよ……。」

家《いえ》に帰《かえ》ると、おじいちゃんは家族《かぞく》に宣《せん》言《げん》しました。

「わしは、まる子《こ》のいいなりでいいんじゃ！　そう決《き》めたんじゃ！」

そばにいたまる子《こ》もいいました。

「おじいちゃんは、永久《えいきゅう》にまる子《こ》の味方《みかた》だもんねえ～！」

「ねえ～！」

みんなは、アゼンとしてしまいました。

まる子《こ》は、大好《だいす》きなおじいちゃんを見《み》つめながら、こういいました。

「ふたりは、このトランシーバーで、いつでもつながってるんだもんね！」

時計《とけい》の針《はり》は、二時《じ》をすぎていました。

おじいちゃんのまくらもとで、とつぜん、トランシーバーの電子音《でんしおん》がなりました。

「はい」と返事《へんじ》をすると、まる子《こ》のあせった声《こえ》が聞《き》こえてきました。

「まる子《こ》だけど、おしっこしたくなっちゃったんだよー。こわいから、トイレまでついてきてください、どうぞ。」

大金《たいきん》をはたいて買《か》ったトランシーバーで、夜中《よなか》のトイレにまでつきあわされるはめになったおじいちゃん。

でも、そんなことでは、まだまだこりないおじいちゃんでした。

「お父《とう》さん」の巻《まき》

まる子《こ》とお姉《ねえ》ちゃんは、目《め》に涙《なみだ》をためながら、テレビを見《み》ていました。画面《がめん》では、ひとりの少年《しょうねん》に、お父《とう》さんがやさしく語《かた》りかけています。

「マーク、きみのしたことはまちがいじゃない。きみが正《ただ》しいと思《おも》ってしたことなんだから、それはだれにもせめられないさ。だけど、きみがしたことで、神父《しんぷ》さまにめいわくをかけたことは事実《じじつ》だ。人にめいわくをかけてしまったら、自分《じぶん》で責任《せきにん》を取《と》らなければならないな。きみに今《いま》、必要《ひつよう》なのは、神父《しんぷ》さまにあやまりに行《い》く勇気《ゆうき》だ。さあ、行《い》っといで。」

まる子《こ》は、少年《しょうねん》のお父《とう》さんが語《かた》りかけたことばのひとつひとつに感動《かんどう》していました。見《み》ていたのは、テレビ映画《えいが》の番組《ばんぐみ》です。画面《がめん》がコマーシャルになると、まる子《こ》は深《ふか》いため息《いき》をつきました。

「いいお父《とう》さんだねえ。」

「こんなお父《とう》さんって理想《りそう》だよね。個人《こじん》を尊重《そんちょう》してるって感《かん》じだよね。」

お姉《ねえ》ちゃんもいいました。

「見《み》た目《め》もかっこいいよ。あんなお父《とう》さんのところに生《う》まれてりゃ、わたしの人《じん》生《せい》も、もっとちがっただろうねえ。」

「大《おお》ちがいだと思《おも》うよ。」

そこへ、お父《とう》さんがやってきました。

よっぱらって、ふらふらしています。

「オーッス！　なんだ？　おまえら、まだおきてたのか？」

お父《とう》さんのだらしないようすを見《み》て、まる子《こ》たちは、顔《かお》を見《み》あわせました。

「なんだよ！　なんか、文句《もんく》あんのかよ。」

お父《とう》さんにどなられても、まる子《こ》はひるみません。

「マークのお父《とう》さんとくらべたら、文句《もんく》大《おお》ありだよ。」

「マーク？　なんだそりゃ……。おうっ、チャンネルかえるぞ！　野球《やきゅう》、野球《やきゅう》！」

お父《とう》さんが、テレビのほうへ歩《ある》きだすと、お姉《ねえ》ちゃんはあわてました。

「ちょっと、かってにかえないでよ！」

「そうだよ。今《いま》、映画見《えいがみ》てるんだから！」

まる子《こ》は、お父《とう》さんの足《あし》にしがみつきました。

「映画《えいが》なんて見《み》なくていい！　今夜《こんや》は野《や》球《きゅう》だ！」

まる子《こ》はムカッときて、お父《とう》さんにいってやりました。

「なんてわがままなお父《とう》さんだろうね！　マークのお父《とう》さんなんて、かならずマークのいうことを尊重《そんちょう》してくれるのに！」

「うるせい！　オレはマークのおやじじゃねえ。てめえらのおやじだからな。てめえらには、こんなヒロシで上等《じょうとう》だ！」

お父《とう》さんは、足《あし》にしがみついているまる子《こ》をひきずりながら、チャンネルをかえました。

画面《がめん》は野球中継《やきゅうちゅうけい》になりました。お父《とう》さんは、テレビのすぐ前《まえ》にあぐらをかいて、

「いいぞ、いいぞ〜！」

と、手《て》をたたきました。ふたりは、そんなお父《とう》さんを見《み》ながら、

「だめだ、こりゃ。」

と、口《くち》をそろえました。

次《つぎ》の日《ひ》、学校《がっこう》に行《い》くと、まる子《こ》たちのあいだで、きのう放送《ほうそう》された映画《えいが》のことが、話題《わだい》にのぼりました。話《はなし》はそのうち、自分《じぶん》たちのお父《とう》さんのことになりました。

たまちゃんがいいました。

「うちのお父《とう》さん、最近《さいきん》、写真《しゃしん》にこってるみたいでね。よく写真《しゃしん》をとるんだ。とし子《こ》ちゃんのお父《とう》さんって、どんな人《ひと》？」

「うちは、すごーくふつうのサラリーマンだよ。夜《よる》、帰《かえ》ってくるのもおそいから、あんまり話《はな》すこともないし、日曜日《にちようび》はゴルフに行《い》っちゃうから、いないし……。まるちゃんちは？」

「うちは酒《さけ》とタバコとつりと野球《やきゅう》だよ。それだけのために生《い》きてるって感《かん》じ。酒《さけ》飲《の》めば、よってからむし、タバコはけむりがめいわくだし、つりの道具《どうぐ》はじゃまになるし、野球《やきゅう》はチャンネルかえられちゃうし……、ロクなこと、ありゃしない！」

「わたしのパパはすてきよ！」

そういって、まる子《こ》たちの前《まえ》にあらわれたのは城ケ崎《じょうがさき》さんです。

「毎晩《まいばん》、夕食《ゆうしょく》のあとに、バイオリンをひいてくれるの。」

「うそっ、バイオリンを？」

まる子《こ》は、ビックリしました。

「今度《こんど》の父《ちち》の日《ひ》には、パパのバイオリンにあわせて、わたしがピアノをひいて、パーティーをする予定《よてい》なのよ。」

なんてすてきな父《ちち》の日《ひ》でしょう。ほかの人《ひと》は、父《ちち》の日《ひ》に何《なに》かするのでしょうか。

「わたしはどうしようかなあ。」

そういったのは、とし子《こ》ちゃんです。

「わたしは、ネクタイをあげようと思《おも》ってるんだけど。」

そういったのは、たまちゃんです。まる子《こ》は、少《すこ》し不安《ふあん》になりました。

「父《ちち》の日《ひ》って、みんな、何《なに》かするの？わたしゃ、ちっとも考《かんが》えてなかったよ。」

まる子《こ》は、父《ちち》の日《ひ》のことをお姉《ねえ》ちゃんに相談《そうだん》することにしました。

「お姉《ねえ》ちゃん、父《ちち》の日《ひ》って、何《なに》かする？」

「わたしはこのまえ、お父《とう》さんに定期入《ていきい》れ買《か》ってきて、もうあげちゃったから、父《ちち》の日《ひ》には何《なに》もしないつもり。あんたは？」

「お姉《ねえ》ちゃんと、パーティーの準備《じゅんび》でもしようかと思《おも》ってたんだけど……。」

お姉《ねえ》ちゃんは、ムッとしました。

「すぐ人《ひと》にたよるんだから！　あいにくだけど、今度《こんど》の日曜日《にちようび》は、友《とも》だちと遊《あそ》ぶ予定《よてい》が入《はい》ってるから、いないよ。」

「あいかわらず、冷《つめ》たいねえ。」

その日《ひ》の夜《よる》、まる子《こ》とお姉《ねえ》ちゃんとおじいちゃんが、三人《にん》でいっしょにテレビを見《み》ていました。

そこへ、ビールびんとグラスをもったお父《とう》さんがあらわれました。

「さあさあ、野球《やきゅう》だ、野球《やきゅう》だ！」

お父《とう》さんは、テレビのすぐ前《まえ》にどんとすわり、手《て》をのばしてチャンネルをかえました。

「ちょっとまってよ！」

「そうじゃよ！」

お姉《ねえ》ちゃんもおじいちゃんも、まゆをつりあげて怒《おこ》りました。

当然《とうぜん》、まる子《こ》も怒《おこ》りました。

「お父《とう》さん！　きのうも、わたしたちがテレビ見《み》てるとき、じゃましたでしょ。毎日毎日《まいにちまいにち》、じゃましないでよ！」

するとお父《とう》さんは、

「夏《なつ》に野球《やきゅう》を見《み》なくて、どうする！　夏《なつ》は野球《やきゅう》だけ見《み》てりゃ、いいんだよ！」

と、むりなことをいいます。

まる子《こ》は、さらに怒《おこ》っていいました。

「じょうだんじゃないよ！　毎日《まいにち》、野球《やきゅう》、野球《やきゅう》ってねえ。あんた、野球《やきゅう》の選手《せんしゅ》でもありゃしないのに、そんなに見《み》ても、しかたないでしょ！」

「まる子《こ》、なまいきなことをいうな！」

お父《とう》さんは、大声《おおごえ》でどなりました。

「うるさいね！　こっちだって、毎日《まいにち》、チャンネルかえられちゃ、だまってらんないよ！」

まる子《こ》がチャンネルをもどすと、お父《とう》さんは、とっさに、

「こらっ！」

といって、まる子《こ》の頭《あたま》をたたきました。

こうなっては、おじいちゃんも、だまってはいられません。

「ヒロシ！　まる子《こ》をぶつなんて、わしがゆるさんぞ！」

でも、お父《とう》さんは、おじいちゃんのいうことなんて、気《き》にもしません。

「ああ、けっこうだね。じいさんにゆるしてもらわなくても、人生《じんせい》らくに生《い》きていけらあ！」

「ヒェー！　くやしぃーっ！」

おじいちゃんとまる子《こ》は、心底《しんそこ》、くやしがりました。

まる子《こ》は、お父《とう》さんに宣言《せんげん》しました。

「もう、お父《とう》さんとは絶交《ぜっこう》だからね。」

「ああっ、のぞむところだ。」

まる子《こ》は、父《ちち》の日《ひ》なんか、どうでもいいと思《おも》いました。

次《つぎ》の日《ひ》、まる子《こ》は学校《がっこう》から帰《かえ》ると、すぐ外《そと》へ遊《あそ》びに行《い》こうとしました。お母《かあ》さんは、まる子《こ》の急《いそ》いでいるようすを見《み》て、

「自転車《じてんしゃ》で行《い》くの？　気《き》をつけてね。」

と、心配《しんぱい》そうにいいました。

まる子《こ》は自転車《じてんしゃ》に乗《の》ると、鼻歌《はなうた》を歌《うた》いながら、住宅街《じゅうたくがい》を走《はし》りました。

でも、うしろから、車《くるま》が近《ちか》づいてきたことに、まる子《こ》は気《き》づきません。

急《きゅう》にクラクションがなりました。

おどろいたまる子《こ》は、あわててハンドルをきり、車《くるま》の前《まえ》でころんでしまったのです。

夜《よる》になりました。まる子《こ》の家《いえ》の前《まえ》には、かごがぐちゃぐちゃにつぶれてしまった自転車《じてんしゃ》がおかれています。

居間《いま》では、晩《ばん》ごはんの準備《じゅんび》ができていました。家族《かぞく》みんながそろっています。

さっきから、ずっとうつむいているまる子《こ》に、お母《かあ》さんはいいました。

「まったく……、あれほど気《き》をつけるようにって、いったのに。」

「どうしたの？」

お姉《ねえ》ちゃんがたずねました。

「うしろからきた車《くるま》に気《き》がつかなくて、自転車《じてんしゃ》でころんだんだって。」

お母《かあ》さんがそういうと、おじいちゃんは、急《きゅう》にはしを止《と》めました。

「ええっ？　そりゃあ、あぶないのう。」

「たいへんなことになるとこじゃったのう。」

おばあちゃんも心配《しんぱい》そうです。

おじいちゃんは、ショックが大《おお》きかったのか、目《め》に涙《なみだ》をうかべました。

「命《いのち》に別状《べつじょう》がなくて、よかった。まる子《こ》にもしものことがあったら、わしゃ、生《い》きていけんよ……。」

それを聞《き》いて、ずっとうつむいていたまる子《こ》が顔《かお》をあげました。

「おじいちゃん、ありがとう……。」

そのとき、新聞《しんぶん》を読《よ》んでいたお父《とう》さんが、口《くち》を開《ひら》きました。

「注意力《ちゅういりょく》がたりねえんだ。どうせ、鼻歌《はなうた》でも歌《うた》って、自転車《じてんしゃ》をこいでたんだろ。だから、そんなことになるんだよ！」

まる子《こ》はムッとして、お父《とう》さんをにらみつけました。

「ひどいねえ。心配《しんぱい》してくれりゃいいのに……。」

「だれが絶交《ぜっこう》してるやつの心配《しんぱい》なんかしてやるもんか。母《かあ》さん、ビールをくれ！」

「ふん！」

まる子《こ》は、そっぽをむきました。

その晩《ばん》おそく、まる子《こ》は、いつものようにお姉《ねえ》ちゃんとならんで寝《ね》ました。

「お姉《ねえ》ちゃん、明日《あした》、遊《あそ》びに行《い》くんだよね。まる子《こ》もつれてってよ。」

「いやよ。だれが妹《いもうと》なんかつれていくもんですか。」

「あいかわらず、冷《つめ》たいねえ。」

「そればっかりいわないでよ。」

お姉《ねえ》ちゃんにそういわれて、まる子《こ》は考《かんが》えました。

「じゃあ……、あったかい人《ひと》だねえ。」

お姉《ねえ》ちゃんはあきれて、むこうをむいてしまいました。

次《つぎ》の日《ひ》の朝《あさ》、お父《とう》さんはずいぶん早《はや》くおきました。居間《いま》に入《はい》り、カレンダーを見《み》ると、「父《ちち》の日《ひ》」と書《か》いてあります。

「くだらねえ日《ひ》だぜ。」

お父《とう》さんは、テーブルにつくと、タバコを一本《ぽん》、はこから取《と》りだしました。そして、

「茶《ちゃ》だけ飲《の》んだら、すぐつりに行《い》く。」

と、お母《かあ》さんに伝《つた》えました。

「早《はや》く帰《かえ》ってきてね。」

お母《かあ》さんがいうと、お父《とう》さんは、

「知《し》るかよー、帰《かえ》りの時間《じかん》まで。オレは今《いま》、わかんねえよっ。」

と、声《こえ》をあらげました。

お父《とう》さんが出《で》かけて、だいぶたってから、ようやく、まる子《こ》とお姉《ねえ》ちゃんがおきてきました。まる子《こ》は、お父《とう》さんが五時《じ》起《お》きでつりに出《で》かけたと聞《き》いて、あきれてしまいました。

「いくら好《す》きでも、気《き》がしれないねえ。まっ、いてもいなくても関係《かんけい》ないけど。とくに今日《きょう》はいなくて、すっきりするよ。」

お母《かあ》さんが、まる子《こ》をにらみました。

「にくまれ口《ぐち》ばっかりたたくもんじゃないよ。お父《とう》さんだって、ホントはまる子《こ》のこと、心配《しんぱい》してるんだから。」

「さあ、どうだかね。ふん！」

まる子《こ》は、縁側《えんがわ》におじいちゃんとならんですわっていました。

ポカポカといい日《ひ》よりです。ふたりとも、体《からだ》じゅうの力《ちから》がぬけきったように、だら~んとしています。

「おじいちゃん……。」

「なんじゃい……。」

「な~んにも用事《ようじ》のない日曜日《にちようび》の午後《ごご》って、の~んきだねえ……。」

「の~んきじゃのう……。」

「一生《いっしょう》このまま、の~んきにしていたいねえ……。」

「いいのう……。」

「シアワセって、こういうことかな……。」

「なんか、そんな気《き》もするのう……。」

ふたりが、のんびりとした会話《かいわ》をつづけていると、お母《かあ》さんがやってきて、まる子《こ》に買《か》い物《もの》をたのみました。

「めんどうくさいなあ。自転車《じてんしゃ》で行《い》こう。」

まる子《こ》がいうと、急《きゅう》におじいちゃんの顔《かお》がこわばりました。

「まる子《こ》、気《き》をつけるんじゃよ。自転車《じてんしゃ》でころんじゃいかんよ。」

「はいはい、わたしだって、そう毎日《まいにち》、ころびはしないって。」

まる子《こ》は、にっこり笑《わら》いました。

玄関《げんかん》を出《で》たまる子《こ》が、自転車《じてんしゃ》に乗《の》ろうとすると、おかしなことに気《き》づきました。

「あれ？　ミラーがついてるよ。この自《じ》転車《てんしゃ》、よそのじゃないよねえ。お母《かあ》さん、ちょっと！」

家《いえ》から、お母《かあ》さんが出《で》てきました。

「うちの自転車《じてんしゃ》、ミラーなんてついてたっけ？」

「それ、お父《とう》さんがきのうの夜《よる》、つけてくれたのよ。まる子《こ》のころんだ話《はなし》を聞《き》いたあと、すぐに自転車屋《じてんしゃや》さんに行《い》って、つけてもらったんだよ。」

「じゃあ、きのうは野球見《やきゅうみ》なかったの？」

「半分《はんぶん》だけ見《み》てたけど。」

「ふうん……。」

「だからいったでしょ。ああ見《み》えても、お父《とう》さん、まる子《こ》のこと心配《しんぱい》してるって。」

まる子《こ》は自転車《じてんしゃ》に乗《の》ると、しぜんと鼻《はな》歌《うた》を歌《うた》いだしました。ミラーを見《み》て、何《なん》度《ど》もうしろを確認《かくにん》しながら、うれしそうにペダルをこぎました。

ミラーに車《くるま》がうつりました。

まる子《こ》は、よゆうで、道路《どうろ》のわきによけることができました。

（お父《とう》さん……、これなら安全《あんぜん》だね。ありがと。）

その夜《よる》、お父《とう》さんをのぞく家族《かぞく》みんなが、いっしょにテレビを見《み》ていました。

「まったく、お父《とう》さん、おそいわねえ。」

お母《かあ》さんが、ぼそりというと、

「どっかで飲《の》んでるんじゃろ。」

と、おじいちゃんがこたえました。

「今日《きょう》は、ゆっくりテレビが見《み》れていいわあ。」

せいせいとしたお姉《ねえ》ちゃんの声《こえ》を聞《き》いて、まる子《こ》は、心《こころ》の中《なか》でつぶやきました。

(ゆっくりテレビを見《み》られるのもいいけど、チャンネルかえちゃうお父《とう》さんがいないのも、ちょっとさびしいねえ……。)

そのころ、まる子《こ》のお父《とう》さんは、いっしょにつりに行《い》った山《やま》ちゃんと、居酒屋《いざかや》でお酒《さけ》を飲《の》んでいました。お父《とう》さんは、もうだいぶよっているようです。

「山《やま》ちゃん、もう一ぱい、いこうよ。」

と、お酒《さけ》をすすめましたが、山《やま》ちゃんは、

「もう帰《かえ》ろうぜ。」

といって、うで時計《どけい》をちらりと見《み》ました。

「冷《つめ》てえこというなよ！　オレなんか、帰《かえ》ったって、どうせ、子《こ》どもらにきらわれるだけなんだから。」

お父《とう》さんはそういうと、ちょっとさびしそうな顔《かお》をしました。

「だけど、今日《きょう》は父《ちち》の日《ひ》だろ。オレんちでも、子《こ》どもがまってるからな。オレはそろそろ帰《かえ》ることにするよ。」

山《やま》ちゃんは、お父《とう》さんをひとりのこして、店《みせ》を出《で》ていきました。居酒屋《いざかや》のオヤジさんが、見《み》かねていいました。

「ヒロちゃんも、早《はや》く帰《かえ》ったほうがいいんじゃねえのかい？」

「いいんだよ。どうせオレは孤独《こどく》な男《おとこ》さ。」

お父《とう》さんは、お酒《さけ》をぐいと飲《の》みほすと、こういいました。

「オヤジ、もう一ぱい！」

まだまだ、帰《かえ》る気《き》はなさそうです。

暗《くら》い夜道《よみち》を、お父《とう》さんがふらふらと歩《ある》いています。

ようやく家《いえ》につくと、お父《とう》さんは、玄《げん》関《かん》の戸《と》をガラガラとあけました。

お母《かあ》さんは、すぐに玄関《げんかん》までむかえに出《で》ました。

「お父《とう》さん、おそかったじゃない！　もう、みんな寝《ね》ちゃってるから、しずかにしてよ。」

「なあんだ、もう寝《ね》ちまってるのか。」

「だって、もう十一時《じ》だからね。」

お父《とう》さんは、よろよろしながら居間《いま》に入《はい》っていきました。

ふと見《み》ると、テーブルの上《うえ》にタバコのはこがおいてあります。

「なかなか気《き》がきくじゃねえか。」

お父《とう》さんはうれしそうに、そのはこから、タバコを一本《ぽん》取《と》りだしました。

お母《かあ》さんは居間《いま》に入《はい》ってくると、笑《え》みをうかべながら、お茶《ちゃ》をさしだしました。

「そのタバコ、まる子《こ》から父《ちち》の日《ひ》のプレゼントだってさ。」

お父《とう》さんは、ハッとしました。

ため息《いき》をつくように、ゆっくりとタバコのけむりをはくと、むねのおくがしだいに熱《あつ》くなってくるのを感《かん》じました。

ちびまる子ちゃん

この本は、テレビアニメーション「ちびまる子ちゃん」をもとにつくられました。

「ちびまる子ちゃん」製作スタッフ

●原作・脚本
さくらももこ
●監督
須田裕美子
●コンテ・演出
小林常夫、宮下新平
●作画監督
武内 啓、関根昌之

●声の出演

まる子	TARAKO
おじいちゃん	青野 武
お父さん	屋良有作
お母さん	一龍斎貞友
おばあちゃん	佐々木優子
お姉ちゃん	水谷優子
たまちゃん	渡辺菜生子
ナレーション	キートン山田

さくらももこ プロフィール

1965年、静岡県生まれ。1986年より少女漫画誌「りぼん」（集英社）に「ちびまる子ちゃん」を連載開始。1989年、同作品で第13回講談社漫画賞受賞。1990年、「ちびまる子ちゃん」がアニメ番組としてフジテレビ系で放映開始。エンディング・テーマ曲「おどるポンポコリン」で作詞家としてもデビューし、同年レコード大賞受賞。2006年、「ちびまる子ちゃん」実写版初ドラマ化。2007年、実写版連続ドラマ「まるまるちびまる子ちゃん」（以上、フジテレビ系）放映。現在、全国11紙の新聞にて「4コマ ちびまる子ちゃん」連載中。漫画「ちびまる子ちゃん」（集英社）、「神のちからっ子新聞」「漫画版ひとりずもう上巻、下巻」「4コマ ちびまる子ちゃん」（以上、小学館）の他に、エッセイでは「もものかんづめ」（集英社）、「さくらえび」（新潮社）、「ももこの21世紀日記」（幻冬舎）、「おんぶにだっこ」（小学館）などがある。

さくらプロダクション　公式ホームページ
http://www.sakuraproduction.jp/

さくらももこ　公式携帯サイト（有料）

アニメ「ちびまる子ちゃん」公式ホームページ
http://www.nippon-animation.co.jp/na/maruko/

アニメ「ちびまる子ちゃん」公式携帯サイト
http://chibimaruko.jp/

アニメ版
ちびまる子ちゃん
おじいちゃん まる子を甘やかすの巻

二〇〇八年九月　初版発行

原作／さくらももこ
発行／株式会社 金の星社
〒一一一−〇〇五六 東京都台東区小島一−四−三
電話〇三(三八六一)一八六一
FAX〇三(三八六一)一五〇七
http://www.kinnohoshi.co.jp
振替〇〇一〇〇−〇−六四六七八
編集協力／ワン・ステップ
印刷／広研印刷株式会社
製本／東京美術紙工

NDC913　96p.　21.5cm　ISBN978-4-323-07132-9

Published by KIN-NO-HOSHI SHA, Tokyo, Japan.